KB124351

강,
詩의 몸 위를 걷다

강, 詩의 몸 위를 걷다

초판 1쇄 | 인쇄 2018년 7월 23일
초판 1쇄 | 발행 2018년 7월 27일

지은이 | 이도화
펴낸이 | 권영근
편 집 | 권영임
디자인 | 여현미

펴낸곳 | 도서출판 바람꽃
등 록 | 제25100-2017-000089
주 소 | (03387) 서울시 은평구 연서로22길 16-5, 501호(대조동, 명진하이빌)
전 화 | 010-7184-5890
팩 스 | 070-7314-6814
이메일 | greendeer@hanmail.net

ISBN 979-11-962706-1-2 03810

값 9,000원

이 도서의 국립중앙도서관 출판예정도서목록(CIP)은 서지정보유통지원시스템 홈페
이지(http://seoji.nl.go.kr)와 국가자료공동목록시스템(http://www.nl.go.kr/kolisnet)
에서 이용하실 수 있습니다.(CIP제어번호: CIP2018022505)

강,
詩의 몸 위를
걷다

이
도
화 시
집

덜 자란 부들대 뻐꾸기 울음 옮겨놓으면

고요한 두물머리

물 폭풍은 기어이 내 심상을 허물고 만다

바람꽃

오랫동안 이 숲길을 걸어왔다. 비가 오고 눈이 내려도, 꽃 피고 바람 불어도 이 길을 걸었다. 봄, 여름, 가을, 겨울, 쉬지 않고 걸었다. 걸을수록 길은 낯익었으나 걷고 나서 뒤돌아보면 낯선 모습으로 뻗어 있었다. 길은 호락호락하지 않아 내리막길에서도 힘에 겨워 멈춰서야 했다. 한 그루 나무 그림자처럼 단호하게 살고, 짙은 산그늘처럼 선명하게 살고 싶었다. 길은 모든 것을 감싸 안는 듯했으나 모든 것을 배척하고 밀어내기도 했다. 길은 시시각각 썩고 스며들고 새로 돋아나고 베어 넘어지고 젖어 있거나 바짝 말라 있었다.

나,

곧잘 휘청거리고 넘어질 때도 있었다. 땡볕은 사나웠고 그늘은 서늘했지만 그늘 아래 숨는 게 싫어 당당하게 걷기로 했다. 피하고 싶은 것들도 피하지 않았다. 외로움도 이 길의 운명이고, 잊히는 것도 이 길의 숙명이라면 거부하지 않기로 했다. 길은 휘어지고 뒤틀어지고 끊기는 듯했으나 끊어지지 않고 희미하게 이어져 있었다. 갈길 멀어 늘 막막하고 아득한 길, 주저앉지 않으리라. 땀범벅이 될지라도 쉬엄쉬엄 걸어가리라.

땅 위, 땅 속 울림까지 느낄 수 있는 그런 시 한 편 쓰고 싶다.

아무 생각 없이 길을 걷고 있는 내게 시집을 낼 수 있는 기회를 주신 박희호 선생님께 감사드립니다. 집을 내어주고 함께 공부하며 힘이 되어준 『울림시』 회원님께도 감사드립니다. 사랑하는 우리 가족! 고맙습니다.

2018년 여름
이도화

차례

2부 _ 강, 詩의 몸 위를 걷다

3부 _ 인문학을 스케치하다

4부 _ 젖은 주소에 지문이 가득하다

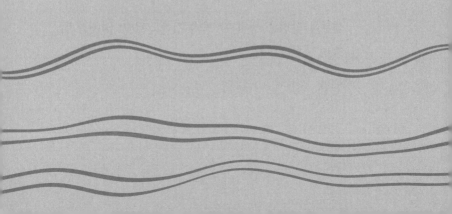

1부

봄, 이건 NG야

봄, 이건 NG야

겨우내 맥박도 없이 가위눌린 비밀 영역이

바람처럼 떠다니던 어느 골목 품에 안겨 있던
길 고양이 울음에 빗장이 풀렸다

봄의 모음과 자음들, 난상토론이 한창이다

키 작은 들꽃
키 큰 벚나무
흰 적삼 목련
부푼 꽃 맥 순서도 없이 서툰 배음 한 소절 띄우며
봄이라 발설하지만

섣부른 단정은 생의 한 토막 기록도 없이 냉해를 입
는다는
사실,

이건 NG야! NG,
여직 꽃샘 촘촘히 연대하고 있건만

확! 흐드러질 듯
번지는 꽃 밤, 그 봄밤에
우왕좌왕하는 삼월 꽃무리 어디 너희뿐이리

탈골된 세상 둔탁한 불협화음도 순서가 없는 NG,
지지직거리는 봄
주파수가 희미하다

공사 중

　　베란다 너머 맞은 편 신축 중인 공사장 부산스럽다
하늘은 캄캄하고 밤새 추위에 지친 가로등만 가물가물
눈꺼풀을 내리 깔 때 소음에 잠깬 소나무 서슬 파랗게
질렸다 포크레인은 새벽을 파 올리고, 굴삭기는 바위를
깨부수며 밤과 아침의 경계를 허문다 꼬불꼬불 비탈길
을 기어오르며 붉은 흙을 휘감는 덤프트럭의 바퀴가 무
겁다

　　겨우내 새벽을 쪼아대던
　　지루한 공사도 끝이 나면
　　벌집 주인이 되려는
　　계약서 붉은 낙관이 찍힐 것이다

　　연둣빛으로 봄의 얼개를 짜던
　　저곳 수천수만 층층
　　이 나무 저 나무로 옮겨 날며

노래하던 새는

네모 틀 안 초상화처럼 시큰둥한 얼굴들로 바뀔 것

이다

도마가 새벽을 깨운다

새파란 슬픔이 색깔이 되는

아득하게 뒤척이던 새벽이 깨어난다

망각된 비린내

절단된 조각소리 함몰되면

도마는 어금니에 생채기를 내고

푸른 살점들은 화온火溫으로 맥박이 멈춘다

기어이 도마가 칼날을 삼킬 즈음 아물지 않은 상처는

수없이 다녀간 냄새에 색을 입힌다

도마는 어머니의 한숨과 침침한 아궁이를 염장해두고

무딘 칼날의 단풍을 본다

결마다 새소리와 바람소리를 엮어 햇빛에 골고루 익힌

도마는 늘 새벽이고 상처다

새들 발자국 선명한 물관이 굳어버린 강행군은

어쩌면 허공일지도 모른다

 경계를 상실한 도마는 칼 시위에 몸을 뭉텅뭉텅 보시

하고

치열한 격전의 잠복이 끝나면

어느 구들장에 찍힌 화인火印으로 유언을 쓸지

도마의 몸은

칼, 칼이 자해한 겉표지다

천 원의 필연

어스름 파장 무렵
뉘엿뉘엿 지는 해 가로질러 집에 가는 길
쪼그라진 할머니,
벌레 파먹어 구멍 숭숭 뚫린
시든 열무를 팔고 있었다

– 떨이여 떨이랑께 싸게 줄팅께 사가부러 으잉

그냥 못들은 척 지나쳐가다
야채가게 좌판 위 묶음으로 놓여 있는
벌레구멍 하나 없이 싱싱한 열무 단에 눈이 갔지만

웬일인지 벌레구멍 투성이
늘어진 열무 단 집어 들고
천 원짜리 멋쩍게 쑥 내밀었다

천 원,

기어이 할머니 입가에

노란 개나리 번지면

내 가슴엔 어머니가 하얗게 맺힌다

친정 동네 구멍가게

명신촌 미니슈퍼, 간판 녹물 번지고 있다

화분에 심었던 묵은 고춧대 고사목처럼 섰고
오가는 바람 앉았던 기우뚱한 빈 의자 한 개
부부가 함께 바람처럼 흘러들어 와
벽돌 쌓고 페인트 덧칠해 둥지 틀고
눌러앉아 차린 가게 진종일 막걸리 판, 수다 방
과자 몇 개 장난처럼 펼쳐놓았다

세월 흘러 한 사람씩 떠나고 남편도 떠나고
하루가 멀게 정형외과 문턱 넘나들더니
온몸 복대로 지탱하는 듯 거동 어눌하던
지난겨울 어느 날부터 문 굳게 닫혔다

일가붙이 하나 없이 요양원 식구 되었다
그 앞 지날 때마다 와락 달려 나와

손 부여잡고 어서 오라! 말해 줄 것 같은데
텅 빈 저 가게 대신 살고 있는 그 무엇들,

떠돌던 바람 달력 펄럭이며 부재중 날짜 세어보고
떠나기 전 개어놓은 이불 체온도 남아 있으리
단내에 취한 개미, 바퀴벌레
익숙하게 드나들던 낯익은 발자국들 서성이고
도처 거미들 줄 늘여 기억 하나씩 지우며
바람벽 밀고 있을 것이다

하루치 신발의 무게

노동의 규제가 없다. 시간도 자유의지도 박탈된 채
늘 고단하다

또래와 뛰어노는 작은 아이에겐 그만큼의 보폭과 짝
잃을 딱 좋은 위험한 요소가 허기를 채우고 흙탕물은
노을도 비켜간다

아버지 따라 산행한 큰아이에겐 한해살이 마른풀잎
조차 대들보처럼 찍어 누르고, 보폭 깊은 아버지 그림
자 그 중심 엿보려 종종걸음 치면 산새들 지저귐마저 심
각한 소음일 뿐이다 엄지발가락이 침엽수 물관만큼이나
삐걱거리면 정수리에 머무는 햇살의 결정체는 등줄기로
흘러내리고, 온갖 야생화의 환한 미소, 한주 용돈을 저
울질할 때 노을의 빗금이 붉다

똬리 위 함지박 인 어머니의 신발 속으로 바튼 기침소
리 스미면 관절의 삐걱거림마저 버거운 이마엔 대가 없
는 노동의 한 生이 주름진다. 얇디얇아 초지장 같은 신
발창 아래로 마을마다 고샅길 그림자가 고일 때면, 먼

절간 목탁소리도 노동의 저울 눈금 고정시키지 못한다
어둠 한 자락의 무거운 발걸음만 저만치 잰 걸음 칠뿐이
다 내사 어미가 된 지금도 그 무게를 알지 못하고,
　　아버지의 크고 넓은 신발엔 산과 들이 옴팍 들어 있어
하루를 끌고 다닌 낯선 길들의 그림자 소복하다 하루치
노동은 졸음에 허기진 가로등만 흘끔거린다 어! 고양이
잠에도 무게가 있었구나. 신발의 무게는 하루치+a

일용직

땀내 찌든 작업복을 빨아 빨랫줄에 널고 있다

그에게는 깨끗한 옷이 한 벌도 없다
높은 곳도 낮은 곳처럼 걸어 다니며 사는 사내
스파이더맨처럼 외벽을 타며
어떤 날은 벽 부스러기 묻혀오기도 하고
어떤 날은 지붕 위 구름을 묻혀 와 눅눅하기도 하다

얼룩진 옷은 늘 허공이고
벽 무늬 읽고 데칼코마니 찍으며
덧칠된 작업복은
언제나 보호색을 띤다

거미가 집을 지을 때
하나도 남김없이 밑줄까지 품고 나오지만
흔들리는 집

하루 한 번 천연색으로 피는 카멜레온 채송화,
해가 지면 제 색깔 다독여 꽃잎 닫듯
한 길로 마감하는 직업은 숭고하다

그가 타고 내려온 벽, 푸른 싹 돋고 나무가 자랄 것
이다

실밥 너풀거리는 얼룩진 작업복
끌고 다녀 너덜해진 자리마다
봄이면 천연색 싹 돋아날 것이다

시간을 얼리다

하루에도 몇 번씩 집이 비는 날엔 더 섧게 울던
냉장고를 바꾸던 날

무심한 손길에 쿨럭이는 나이테, 물샐틈없이 닫아둔
냉기는 불모지가 되었다

어떻게든 탈출을 꿈꾸던
뼛속까지 온통 차고 단단한 마음들
누군가 문을 열자
발등으로 뛰어내린 붕어 두 마리
마른오징어 몇 마리
눈을 동그랗게 부릅뜬 도루묵
저들이 꿈꾼 발화점은 어디쯤일까

표정 하나하나
소쿠리에 내던지는데

간혀 질식해 흘기는 눈은 이런 것인가
축축한 눈이 잠깐 마주친다

눈 귀 입 다 얼어 있는 시간
그 시간이 민감하게 반응하고 미각을 잃어버린 몸
비릿하게 시들고 있다

별등과 어머니

개벽된 흙 고무신이
화전으로 일군 돌밭 매느라
반질반질 닳은 호미처럼 얇은 그림자
어머니 앞세워 대문에 들어서면

풀 내 덕지덕지 묻힌 몸
햇물 검붉게 들어
어머니 얼굴에
나무 그늘이 짙어진다

흙물, 풀물 든 손으로
이남박에 쌀 씻으며
지푸라기수세미로 고무신 박박 닦아
어머니 얇아진 지문에
고랑이 선명해진다

저 고단함,
두레박 물이 씻어내던 저녁이면

우물 안 별등은
가만가만
어머니 손끝을 위로한다
어머니 별등 켜고 주무신다

말의 알갱이들

체했구나
손발이 차구나,

무명실 감긴 엄지에
장미보다 붉은 핏방울이 열리고
엄마의 애틋함이 맺힌다

무르지도 삭혀지지도 않는 게
어디 음식뿐일까
몇십 년 산 인연도
등 돌리고 싶을 때 있듯
질겨 씹히지도 않고 뱉을 수도 없는데

가슴속을 밀고 들어온 차가운 바람
통째 넘어가 켜켜이 쌓인
설 씹힌

말 알갱이 욕 알갱이들 전봇대 밑 즐비하게 흩어져
있다

여행

잠이 오질 않아
일어나 주섬주섬 짐을 챙긴다
치약, 칫솔, 속옷, 화장품
챙기느라 챙겼어도
챙기지 못한 것들이 있을 것이다

헐렁하게 벗어놓은 일상복을 본다

팔이 접혔어도
허리가 구겨졌어도
몸을 벗어난 옷들의 자유로움,
일상을 옷 벗어 던지듯
벗어던지고
자유로이 새벽에 집을 나설 것이다

아이는

제시간에 일어날 수 있을까
무슨 찌개를 끓여놓을까
밤새 잠을 방해하던
노파심은
집 밖으로 발을 내딛는 순간, 자유야

바닷가 한적한 어촌마을
저문 바닷가를 하릴 없이 느리게 걸어보기도

손에서 휴대폰 내려놓는 거
세상 소식 모두 잊어버리는 거
천천히 걷는 연습 해 보는 거
온전한 혼자로 지는 해 바라보는 거

지속할 수 없는 이 자유는
노을 끝자락의 붉음인가

오징어도 울음이 있었다

바닷가 어시장
파도처럼 밀려온 발길을 두고
상인들 곁눈질하며 흥정한다

천정부지 귀한 몸값
산 오징어 한 마리
머리 큰 우럭
통통하게 살 많은 방어
대여섯 마리 담아 오만 원, 소리치면
납작하게 엎드렸던 도다리 눈꼬리를 치켜뜬다

흥정 끝나면
할머니 빠른 손놀림 칼질에 비린내 절단된다
오징어 애끓는 소리
신의 경지에 이른 능숙한 울음 끊어내면

바다로부터 어둠의 파장이 어시장을 덮친다

나,
오징어야
나도 울음이 있다
먹물이 핀다

가을 오선지

은행나무 노란 정점이 아득하여
가을을 낭독하는 흰 구름 피사체로 세워놓고
고추잠자리 파노라마는 붉은색을 저장한다

민들레 홀씨 떠난 자리에
만삭이 된 누런 호박, 청 볕을 읽어 내리면
신나무 씨앗 날갯짓이 청아한 오선지에
음표의 낙관 찍고 있네

자동차 지붕에 사리 튼 낙엽은
먼 길 여행 예매하고,
청자빛 하늘 드넓은 전시장에 비친
민소매 허수아비는 참새에게 곁을 주지 않는구나

단맛 익히느라 허리 굽은 들녘
섬돌 아래 귀뚜라미가 낙엽에 대한 추서를 쓰면

아! 가을이 넓다

단 한마디에 내 눈가 단풍물 붉디붉어

내가 낙엽이네

달빛

담장을 오르고
지붕을 오른다

어두운 밤
오르고 올라도 낮은 곳

절구통에
양철통에

지푸라기 요 삼아 잠이 깊은 빛

하얀 조롱박 꽃
마디마디에 달빛이 청아하면
나는,
아버지 흰 웃음 먼 메아리로 듣는다

빨래하던 날

눅눅한 장마가 끝나
환한 햇살이 새벽 창가 두드리는 날
빨래를 한다

아이들 하얀 교복은
바람 위에 널고
젖어 축축한 내 옹졸한 마음
빨랫줄에 걸고 나면

널린 빨래들 하늘가 뭉게구름 불러 세우고

햇살은 잠시 피안에 든다
베개보 안,
오후가 뽀송뽀송해지면

책 읽던 내 무게도 가벼워 흔들린다

시래기가 익다

노인정 뒷벽 누군가 걸어놓은 바람 한 타래 여직 풋
내 성성하다

푸르른 청춘 뙤약볕에 익어
맥없는 한숨 누렇게 변색되었다

고단함에 욱신거리는 등뼈 농부의 잔상이다

거칠어진 몸
부서질 듯 바스락거리는 뼈마디에

노동의 푸르름이 서까래에 기대어
매달려 시름에 겨운 저 주름살,
바람이 인다

거기 무슨 정규직이 있고

비정규직이 있을까

그늘에 텅 빈 노인들, 비밀처럼
마른 귓가 부스럭거리며 말라간다

소리가 깜깜하다

초등학교 이학년 때 앓은 뇌염으로
심한 열에 녹아버린 고막
맑게 돌아가던 소리가 작동을 멈춘 후
이름도 잃어 버렸다
자동차 자전거 뒤밟아 와도
그의 어깨는 움직임이 없었다

또래들 학교 가는 아침
책보 대신 아버지 따라 산에 나무하러 가고
친구들 학교에서 돌아 올 무렵이면 김을 매었다

한 번도 마을을 벗어난 적 없이
뼛속부터 그 마을 주민으로 늙은 그
어떤 소리든 차단되고 깜깜하게 불 꺼진 귀
움직이는 입 오독하여 멱살잡이 빈번히 겪으며
소리는 자라 오십 대 훌쩍 넘기고

돌팔매질 짓궂던 시간
마을길 그늘이 되었다

그의 소리는 지금도 깜깜하다
나도 가끔은 깜깜해지고 싶을 때 있다

시간을 빌려드립니다

무성한 풀 때문에
후손 님네들,
마음 많이 불편하시지요

땅벌에 쏘인 입술 퉁퉁 부어도 좋습니다
독 오른 뱀에 물린 다리
독기 품게 되어도 상관없습니다
예초기 날처럼 머리가 빙빙 돌아도,
날카로워진 잔디 끄트머리에 찔려
설령 운동화에 구멍 난다 해도 괜찮습니다
슬금슬금 자리 넓혀오던 칡넝쿨
발길 뚝 끊어놓겠습니다
길게 뻗은 소나무 그늘도 쓸어드립니다

뒷짐지고 계시다 맘에 걸리면
소주 한 잔 붓고 생색만내시면 됩니다

조상들께는 절대,

저희가 대신 깎은 사실을

함구하겠습니다

젖은 리어카

헐렁해진 인연으로 묶인
텅 빈 껍데기들,
입담을 잃고 축축한 안개에 무게를 더하고 있다

물방울들 한뎃잠 툭툭 털어
찌든 소맷자락으로 젖은 눈동자 닦아 내고

새벽 골목길 배회하며
각각 다른 무늬들의 화려했던 시절
반으로 접어 비뚤한 시선 속에 갇힌 무게
한쪽으로 치우치고 있다

노인의 리어카는
누구도 수거해 가지 않는 새벽안개

멍석처럼 둘둘 말아 폐지와 함께 싣고 간다

2부

강, 詩의 몸 위를 걷다

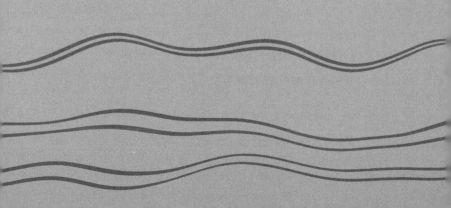

강, 詩의 몸 위를 걷다

물안개 한 아름 꺾어 시어詩語에 심어두고 합수머리
강둑에 섰다

시심詩心은
구애 삼매경에 취한 개개비 맑고 푸르른 소리
달팽이관에 이식하고
온화한 누이 닮은 꽃창포 미소
행갈이를 재촉할 때, 난 깃털처럼 가벼이
강가에 타박타박 낙관을 찍는다

강섶, 햇살에 몸 뒤척이던 안개 한 움큼
강江에 찍은 데칼코마니 약속인 듯 또 하나의 풍경이
초록빛을 산란하고 있다

물안개공원 산책로를 잠식한 꽃향기 아래로
산란기 잉어 뜨거운 몸짓이

덜 자란 부들대 뻐꾸기 울음 옮겨놓으면

고요한 두물머리

물 폭풍은 기어이 내 심상心想을 허물고 만다

잎맥에 취한 물지기 청둥오리 아스라한 부리에 찍힌

詩 종자는

여기, 공원 한쪽에 한뎃잠을 청하고

원고지 위 시어詩語 낱낱이 물 위를 걷고 그곳 어딘가

에 나는 없다

새벽 인력시장

곤한 잠 헤집고
어둠 더듬으며 새벽안개 길 나선다

간판들 깊은 잠에 어둡고
눈곱도 떼지 못한 드넓은 세상은
아픈 이들을 부축하는
처마 아래로 스민다

가끔 트럭이 멎어
데모도 팔만 원
용접공 십삼만 원
목수 십오만 원을 외친다

연장 가방 허리에 걸친
중년 사내는
손 번쩍 들고 어깨 으쓱대며

트럭을 타고 안개 길로 사라진다

포장마차 안에서 끓고 있는
어묵 국물 한 컵 눈덩이처럼 차가운 응어리 달래고
꼬깃꼬깃 접은 지폐 한 장은

뿌연 안개로 젖은
축축한 사람들을 희망의 끈으로 연결 중이다

동창생

여고 동창생 몇
일상 벗어던지고 섬으로 가는 배를 탔다

다른 마음들이
옹골차게 지은 밥상도 받아보고
파도소리 베고
재잘거리다 밤잠도 놓쳐보고
풍경 배경으로
주름진 피사체 고스란히 옮겨놓고 보니
저만치 지나온 숲길이
아슴하다

분명 같은 시간 같은 동행에도 그들의 수첩엔
다른 낱말들이 충돌하고
다른 문장이 기억되리라

단,

밤새 나눈 언어들 구성은

구비마다 이어지는 바닷가 절경에 눌러앉고 싶었노라

철썩이는 파도소리, 비린내, 짠 내에 가슴 절었다고

각색되지 않은

추억의 페이지를 장식하고

각기 다른 색으로 앨범을 만든다 하여도

우리는 친구이길 거부할 수 없는 여고동창생

워낭과 동행

한때는 소가 내 생을
끌고 갈 때가 있었다

비척거리는 느슨함 고쳐 세우고
손목에 쟁기 줄 쥐여주며 나를 이끌었다

계절 따라 피는 꽃구경
오가며 함께 보고
큰 눈망울에 담긴 짙은 길 숲
그 언저리에서

날카롭던 쟁기 날 모서리
둥글게 닳을 즈음 너도 나도
서로의 맘 알아차릴 수 있었다

새벽녘 산모롱이 밭

축축하게 갈아엎으면

입에선 하얀 안개 피고, 흙 고랑에 김이 서린다

다시 시작되는 반환점

바람이 워낭을 흔들어 신호를 보내면

모든 걸 비운 맑은 소리가 났다

그 맴놀이에 먼 산 끄트머리 이랑이

동창을 두드린다

하늘, 갈대를 느리게 읽다
─곤드레비빔밥

굽이굽이 고갯마루 더러더러 갈물 들고
두어 점 하늘 동강에 떴다

아리랑 가락 마디마다
느린 장단으로 예서제서 들리고

땅보다 하늘이 더 가까운
백운, 가리왕, 민둥산
그 자락에서 잎 자락 쓴 곤드레 전설은
뒤주 안 거미 허기질 무렵에
보리알보다
더 많은 전설의
곤드레나물이 목울대를 친다

순하디순한
나물 숲에 갓 구운 햇살 한 점 올려

아라리 아 – 라리 장단을 비비면

강된장이면 어떻고 양념장인들 또 어떠한가. 아리랑!

나,
詩 한 수에
그렁그렁 팽창한 곤드레 잎 힘줄에서 두어 평 하늘을
읽는다

누에와 詩

찔레꽃 짙은 향 깔아놓고
툇마루에 엎드려
누에 뽕잎 갉아먹듯
책의 글씨
야금야금 먹어 치우고 있다

몇 소쿠리의 잎맥을 씹어
실핏줄까지 초록으로 불거지면
구들장은 따뜻하고
누에와 나는 오디처럼 달콤한 잠에 빠진다

햇살이 마루 귀퉁이 갉아내다
누워 있던 나까지 삼키고

깊고 깊은 한 잠 들면
햇살이 먹다 남긴 반쪽은 어둑한 꿈에 든다

쓰다만 詩편들은 한 잠에 들지 못해
고치도 짓지 못하고
죽은 누에처럼
마당 햇살에 말라가고 있으니

누에여!
내 낱 잎 몸에 갇혀
나오지 못하는
詩줄 뽑아 생명주 실 삼아주오

빨래와 주름

어떤 남자가
남의 집 건조대에 걸려 있던
여자 속옷만 골라 도망치다
잡혔다는 뉴스를 들으며

남편이 빨래를 넌다
다리가 제 멋대로 엉킨 바지
뒤꿈치 헐거워진 양말
뽕 넣은 브래지어가
빨랫줄에 색색 조롱박으로 열린다

팬티에 그려진 메릴린 먼로의
붉은 입술이 말을 거는데
모른 척,
메릴린 먼로 입술에 집게를 꾹 눌러놓는다

남편이 커다란 손으로

빨래를 탁탁 털며 주름을 펴는데

축축하게 젖은 나는

주름만 느는데 남편은 알까?

그 이유를

엄마의 등

해질 무렵 장사를 끝내고
넘어질듯 후들거리는 발길 재촉하는 길
똬리를 받힌 목 힘줄 툭툭 불거지고
함지박 가득 출렁이던 노을 쏟아져
등을 물들인 적 있다고 한다

그때부터 땅거미가
엄마의 몸에 기어 다니는지
스멀스멀 가려웠다고
피딱지가 군데군데 엉킨 등을
저녁마다 내밀곤 했다

우리는 껍질 속 벌레를 찾아내려고
저녁 내 벅벅 찾아보았지만
어디로 숨어버렸는지
손톱 밑엔 검붉은 노을만 잔뜩 끼어 나왔다

한 겹 옷으로 입고 있던
가려운 살비듬 후드득 떨어져 쌓이고
흐릿한 맥박으로 돌리던 하루하루,
간신히 엄마 몸 돌리던 시계의 태엽 멈추어서며
핏방울이 온기를 놓아버리자

엄마의 몸에서 서둘러 땅거미 빠져나가고
가려움에서 풀려난 몸,
그믐밤처럼 깜깜했다

아버지의 길

진흙에 찍힌 아버지 발자국에 내 발 밀어 넣어본 적
있다

보라색 투구 꽃봉오리 밀어 올릴 즈음
봄나물들 근황이 궁금해 산에 갔다

아버지 살아생전 팽개치지 못하고 걸머메고 다니던
다래끼,
아버지 큰 발자국 신고
자갈밭길을 걷는다

그 길은 내가 설 수 없었던 아버지의 길이였다

고단한 티눈이 얼기설기 돋은
생의 길,

생체기 무성한 산초나무 아래
여직,
멈추지도 내려놓지도 못한 발자국은
언제나 그리움이여
찍힌 발자국 덧씌우며
발목이 헐거워지도록
아버지 길에 나는 그림자만 길다

더는 작동되지 않는 길
그 길에 내가 섰다

빨래에도 나이테가 있다

눅눅한 어깨 깃 햇살이 세워놓고
바람이 덜어내 가벼워진 빨래에는
남편과 딸들을 파먹은 노동의 보푸라기들이 이끼처럼 돋아 있다

뻣뻣했던 딸의 청바지에 실핏줄이 선명하고
살비듬 성성한 스웨터는 온기를 잃고
갑질 무게로 찌들어 무게 잃은 남편 작업복은
배배 꼬인 채 남루하다

가지런히 뻗어 쿨럭이는 빨랫줄은 제 길이를 낭독하지 못하고
바람이 튕겨 내는 소리를 걸치고 있다

발목이 헐거워진 양말은
제 색과 크기의 짝 잃고 외줄에 걸려 햇살을 탕진하

고 있다

　무수한 길의 보폭에 찢겨 문신이 성성한
　젖은 빨래에서 가부좌 튼 하루치 경전이 먼 빛가리에
서성인다

　저 시린 몸과 발로 온 집 안을 서성이는 고단한 흔적들
　어디에다 기록해 싹 틔울까
　빨래의 나이테가 나를 투과하고 있다

닭발의 기억

발톱 깨끗이 다듬어진
닭발 한 봉지
재래시장 닭 집에서 육천 원에 샀다

비릿함이 집 오는 내내 따라왔다

영혼이 빠져나가
창백한 발 여럿이
솥 안 열기에 동동 구른다

티눈처럼 굳은살 박인 딱딱한 발
뼛속까지 푸른 멍들어
잔뜩 오그라든
툭 불거진 관절 사이로
종종걸음이 선명하다

마디마다 잔뼈에서
한시도 꺼지지 않았을
백열등 그림자,

그 비애를 슬쩍 건져내기도 하면서
발가락 기억을 발라낸
핏기 가신 닭발

사육의 비린내가 관절을 꺾고 있다

오후 여섯 시

눈밭 종종거리던
참새, 숲으로 들어가고
시소 찧던 아이들 돌아간
오후 여섯 시

숟가락 부딪힐 시간도 없어
텅 빈 차가운 밥상에
형광등 불빛만
허연 눈발처럼 떨어져 내리고

빈 소주병에
말라버린 사과 한 개,
밥알이 말라붙은 밥공기가 뒹구는
식탁 아래 쪼그려 앉은
그림자는

말라붙어 떨어지지 않는 또 다른 나의 지친 풍경이며
오후 여섯 시의 나,

나는 이 시간이면
이리 딱딱하게 널브러진다

꽃 무덤

엄마가 장날
사다준 꽃무늬 원피스 입고
허공에 발 딛고 친구네 집 마당으로 갔다

공깃돌처럼 모여앉아 놀이하던 친구들
우와!

예쁘긴 한데 너무 길다고
손수건 하나씩 만들어 갖자 꼬드긴다
치맛자락 싹둑 잘리는 소리
하늘 뭉게구름 부풀며 놀란다

밥 먹자 부르던 엄마 눈에
원피스에서 달아난 손수건 몇 장
이불처럼 커다랗게 보인다

옷가게 앞 수 없이 왔다갔다
망설이길 몇 번

엄마 맘 아프게 한
꽃무늬 손수건
쇠똥과 함께 밭에 묻었다

다음 해 봄
그 밭에는 유난히 많은 나비가 다녀갔다

시작詩作 여행
— 화천을 다녀와서

더위가 들끓는 한여름
포천에서 굽이굽이 광덕고개 너머
화천으로 이어지는 정적이 우거진 원시림 숲길
화학산 봉우리는 운무가 감싸 안고
바쁜 세상과 인연이 먼 사마귀 선비

소나무에 걸린 하얀 솜구름 내려앉은 물가 너럭바위
민낯으로 하얗고
　허리 곡선처럼 좁아지는 된여울 섬섬옥수 물방울 통
통 튕겨 현 뜯는다
　도포차림으로 우뚝 선 바위 아래 깊은 물속 솔 그림자
뒤척거리는 소리 빈 숲 속에 가득 찼다

　몇천 년 눌러앉은 소나무 그림자에 움푹 페인 물 아래
버들치, 돌고기 노닐고
　새 한 마리 허공 날다 물거울에 얼굴 비춰본다

겹겹 쌓은 밭처럼 모서리 닳아 둥글어진 바윗돌들

몇 폭 병풍을 두른 듯 깎아지른 첩첩 산

풋내 진저리나고

풀어 헤친 녹색 우거지고 살 오른

온전히 베끼고 싶은 8월

이곳에서 詩 한 편 지어 저 냇물에 띄울까

10월의 마지막

아무 생각 없이 동서울터미널에서
영주행 고속버스 표를 사
지정된 26번 좌석에 앉아
차창 밖 어둠을 본다

버스 창밖으로 눈발같이 날리는
낙엽의 설명,
무음으로 경청한다

한때
봄, 가을
이유 없이 밤기차
버스를 탔던 시간의 흔적들
그 그림자 재생시키려
흘러가는 것들이 견딜 수 없어
무작정 버스에 올랐다

가을은 어느 시간의 종점인가
가을이 불러 세운
나는 어디쯤인가

나는 나를 잘 경청하고 있는지도 모르며

내일은 아무 일 없었던 듯
다시
버스에서 내릴
여인아!

비 내리는 곰배령

그곳에 길이 있었다

강원도 인제군 진동리, 등골이 오싹한 길,
차곡차곡 접힌 길 앞에
조침령이 깔딱거리고

봉우리 받아 넘기니 다가서는 마을,
그 마을에도 길은 있었다
또 한 추스름 끝에는

길 위에 발자국이 보였다
면경보다 잘 닦인 계곡물에
내 오염된 귀 말갛게 헹구고 나니
황금마타리 꽃이 힐끔거린다
숱하게 듣고 삭히지 못한 찌꺼기를
난 물과 꽃에 고스란히 들키고 말았다

종일 내리는 비는 나를 씻기는 것인가
여전히 빗속에도 길은 있었다

그 길 가만가만 동자꽃, 곰취꽃이 번개천둥을 줄기에
저장하고 있다

예리한 칼날을 숨기고 있던 갈댓잎이
스윽, 내 손등에 밑줄을 긋는다, 아 그것도 길이었구나

손등에 빨간 길이 열렸다

눈目에 대한 기억

푸른빛 선명하게
심연의 기억이 초롱초롱 짠 내 가득한
눈알이 설거지통에 담겨 있다

얼었던 눈알이 녹아 집 안 소리를 샅샅이 듣고 살핀다

시선을 외면하고 껍질을 벗기자 옥양목 속살이 요염
하다
벗긴 껍질에 달려 나온 눈알을 검은 봉지에 담자
사각사각 눈이 구르는 소리
손목에 전율처럼 감긴다

내 눈이 구른다
눈 깜빡하는 동안에도 자유롭지 못한 나,
내 눈은 늘 외면하는데 익숙하다

눈알은 늘 품이었던 게다
품이 원망하는 사이
품에서 짜디짠 바다가
내 가슴의 수심을 재고 있다

내 눈은 자유로운가
검은 봉지 속, 그 안에서
고장 난 텔레비전 화면처럼
서툴게 비틀거리는 눈이 먹물에 퇴화를 거듭하고 있다

소나기

양철지붕 위를
경중경중 뛰어다니는
여름 망나니,
비설거지 할 새 없이
한참을 두드리다
끝내 천둥소리에 자진하여
깊은 골 흔적만 남겨두고
시침 뚝 뗀,
하늘은 높기만 한데
젖은 난 어찌하나

3부

인문학을 스케치하다

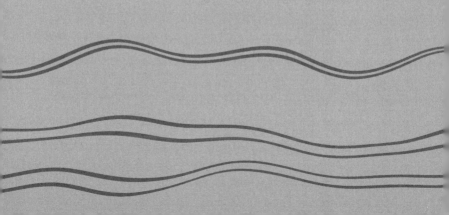

인문학을 스케치하다

바람이 자유롭게 드나드는
소나무 꼭대기
까치가 집 짓는다

주먹구구식으로 얼기설기 지은 집 같아도
바느질로 꿰맨 것도 아니고
끈으로 엮은 것도 아닌데 야무지고 견고하다

햇빛 가로채거나
바람 길 가로막지 않고도
통쾌한 집을 짓는다

눈 무게, 바람, 견디지 못하고
무너진
웅장한 누각보다

쓸모없는 가지는

툭,

버릴 줄도

비울 줄도 아는 저 법문

나는 무엇을 버리고 비우고 있는가

재생의 깃털로

바닥 공사 한창인 텅 빈 까치집에서

인문학을 스케치한다

소문이 무성하다

사거리 편의점 앞
은행나무 한 그루
많은 새들 불러들이면
동네는 사뭇 수다로 흥건해진다

더 이상 짙어질 수 없는
노란 은행잎만 아득하고

흔들리는 내 안 가지 하나
움찔거리며
어느 것 하나 다정하지 않은 것 없어
금빛 엽서 왈칵 쏟아놓던, 그런
이파리마다 기억된
햇살의 화려한 이력이 빼곡하다

어느 댁네

스무 살 차이 베트남 신부 가장이
도박 빚에 목을 매었다는 소문
동네 슈퍼, 세탁소, 이발소 문턱을 넘어

가을 해에
취한 노란 잎들이 휘청거리는 오후
길 건너
무성하게 잎 달고 서 있는
목련나무 위,
또다시 소란스런 소문에
베트남 신부
아릿한 가을을 차곡차곡 접어 두문불출 중이라는
사연!
사연!

아궁이에 몸 풀다

집에서 기르던
시로*는 만삭의 몸으로
새 짚으로 깔아준 출산터 마다하고
몸 풀 온기 찾아 어디론가 사라졌다

군불 때려고 쏘시개에 불붙이려는데 구들 깊은 곳
희미한 강아지 울음,

온기 남은 구들 안 진통으로 구르며
재 범벅 탯줄을 먹은
어미 눈길이 잠잠하다

그날부터 한 달간
불도 지피지 못하고 냉기 견디던 가족들
어린 맘에 궁금하여 방바닥에 귀 대면
살금살금 입구에 차려준 북어 미역국 요기하고

젖줄 내어준 어미,

그 물관 넘어가는 소리

뒤뜰 머위잎만해졌다가 연잎만큼 커졌다가

식구들 달팽이관에 머문다

---

* 시로: 집에서 키우던 눈처럼 하얀 일본 개의 이름

마당 이발소

추석 앞둔 어느 날
마당 이발소로
어른과 아이들 하나둘 모여들었다

구름 한 폭 잘라
등받이로 걸쳐놓고
뒷동산 자락 병풍으로 두르고
바람이 빗질한 마당,
기다리는 데 익숙한 나무의자 기우뚱 앉아
한 귀퉁이 깨져나간 거울을 보고 있다

마른버짐 핀 아이
비누거품 같은 얼굴로 의자에 앉았다
숭늉처럼 구수한 이발사의
가위질 박자에 꾸벅꾸벅 잠이 쏟아지고
검은머리 한가운데 훤한 달이 뜨면

민 머리통 더듬으며 내민

정성스레 엮은 꾸러미 속

따뜻한 날계란이 가지런히 들어 있다

마당 이발소,

뒤뜰 감나무 정수리도

아버지의 절묘한 가위소리에 환하다

지붕 없는 해우소

노천에 텐트를 쳤다

갯버들, 아카시아, 오리나무
사방 병풍을 치고
문 없이도 기척 소리 되는 지붕 열린 뒷간에 앉아
며칠 쌓였던 소리와 색깔과 냄새를
한 무더기 쏟아낸다

끙, 냄새는 허공으로 흩어지고
턱 괴고 사방 둘러보니
딱따구리 어둠을 쪼아 대는 소리에
달맞이꽃이 안개더미 속에서
노란립스틱을 밀어 올린다

얕은 잠속 환청처럼 들리던 물소리 물안개 피워 올리
는 새벽

자연에 이방인처럼
작은 존재로 스민 나,
훗날 이곳에 돌아와도
저리 풀벌레처럼 울고 있을 것인가

자연 등기부에 내 존재를 등록했다

내년 이맘때쯤
이 자리에 노란 개똥참외 열릴지
혹시 모를 일

분리수거

다섯 개의 빈 통이
입을 다물지 못한다

종이, 비닐, 음식물, 유리병, 플라스틱

어쩌나!
나는 쓰레기 만드는 손을 가졌나 보다

도마 앞엔 양파껍질 계란껍질
냉장고엔 싹 난 감자,
곰팡이 하얗게 핀 버섯뭉치들

쓰레기 없는 살림을 하셨던 어머니
허술해진 사과 궤짝은 아궁이로 들어가
구들장 데우는 불로 다시 살아나고
음식 찌꺼기 가마솥에 끓여

돼지 살 찌워 살림 밑천 되었고
다듬고 난 텃밭 채소
두엄더미에서 곰삭아 밭 거름 되었다

멀쩡한 야채
냉장고 안에서
쓰레기로 만들어 버리는 내 손엔
늘 부패한 냄새가 진동한다

쓰레기를 버릴 때마다 그것들에게
버림받을 일이 두렵다

길에서 비를 만나다

시장 사거리에 갑작스레 강한 폭우가 쏟아졌다

때마침 폐지를 모아 수레에 싣고
길을 건너던 한 노인
속수무책으로 비에 젖었다

그칠 줄 모르고 퍼붓는 비
물먹은 폐지가 무거워지자
건너가려던 수레를 세우고 체념한 듯
대로변 길가에 주저앉아 고개를 파묻었다

하얀 백발이 빗물로 흐르고
젖은 옷에서 피는 고단한 아지랑이는
한 생의 누더기

쓰고 있던 우산 노인에게 건네주고

돌아오는 먹먹한 발걸음에
죽순이 맺힌다

다 젖는 날이다

어느 일요일

집 앞
큰 트럭 멎고
계단을 오르내리는 분주한 발소리

남루한 시간을 꾸린 초록박스
곤한 잠을 누빈
이불 보따리가
생면부지 손에 이끌려
한 집 살이 옮겨간다

장롱 밑
뭉그적거린
그림자 더미에
찌그러진 십 원짜리 동전이
다보탑 기억을 상실한 채
쓰레기봉지에 버려지고

비스듬히 녹슨 세발자전거는

한 가정의

어둑함을 실어

어느 낯선 도시 돌계단을 오르다

멎을지

공평한 그날은 오기나 할지

세발자전거

적벽 페달이 무겁기만 하다

어떤 길

말린 밤
몸통에 난 까만 길,
하얀 벌레가 선명한 길을 관측 중이다

오로지 한 길만 만들다
무채색으로 늙어버린 생
굼뜬 속도에 주름도 깊다

벌레의 굽은 등에
주름 골마다 뻣뻣하게 굳어가는
느린 길이 애처롭다

어쩌다 그 많은 길 외면하고
이 몸에 느린 길
이식하고 있었던가

나도 이제 느린 길에서 '쉼'을 찾아보련다

엄마의 시간

곰 솥에 뼈를 곤다
바닥부터 점점 뜨거워지면
치밀고 올라오는 화에 속까지 끓는다

오래 고아질수록
국물은 뽀얀 진국이 되고
뼈는 바람 길이 된다

밥 먹는 시간 빼곤
들판을 헤매고 장을 떠돌던 뼈마디

바람에 마디마디 녹슬고
개미 입김에도 살갗 시리더니
배에 올라가 뛰는 울림조차
느끼지 못하는 무디어진 살가죽

왔던 길과 가야 할 길 끄트머리쯤에 서서
품었던 것들 놓지 못하고 기다리는 엄마

한파경보에 대한 단상

휴대폰 메시지 창 나팔에 붉은 혈흔이 떨리고
문자는 어제보다 −10℃ 한파경보란다

발걸음도 가둬버린 지독한 냉기가 그림자마저 꽁꽁
가둬둔
나뭇가지 끝으로 초롱한 물기를 키우고 있다

길가 벚나무 가로수 가지에
미처 녹아떨어지지 못한 결정結晶들이
햇살을 구걸하고 있다

그래 영롱함이 어찌 흙 속에만 있으랴
수은주가 키워낸 물의 절정, 짧은 순간의 이름이여
너도 물의 보석이라 하자

가공할 수 없는 물의 이름, 붉은 수직만이 가공할 수

있으리

물방울도 가두면 저리 영롱한 것을
가둬두고 피우지 못한 헐벗은 상념들
가슴 곳곳 송곳처럼 자라고 있다

빈 둥지

빈집 세놓습니다
달세나 전세나 매매도 괜찮습니다
언제든지 입주 가능합니다

햇빛 온종일 머물러 난방비 적게 들고요
달빛, 별빛이 환해 전깃불 필요 없구요
풀벌레소리 시끄러울 것 같아도
자꾸 듣다 보면 그것도 자장가가 됩니다

오래 앓은 불면증,
구름베개 베면 저절로 잠들고요
자연바람이 마음속 먼지까지 털어가구요
비가 많이 내려도 지대가 높아 수해걱정 없습니다

웬만한 바람은 벽 틈으로 빠져나가
무너질 일도 없습니다

일 년째 비어 있는 미루나무 꼭대기 빈집

'푸른하늘' 복덕방에 나왔다

직선의 기억

자작나무 숲 다녀온 후
선명하게 각인된 하얀 직선의 기억을
도화지에 내려 긋는다

언덕 아래 작은 산촌
까치발로 바라보다 하얗게 길어진 다리
검은 흉터 늘어가는 나무 그림자에
명암을 넣는다

끌어올린 청량한 물로 푸른 이파리 내뿜고
실핏줄처럼 맥을 이은 나뭇가지 사이로
뒤엉킨 파란하늘
촘촘한 은빛 햇살
수런대는 곤줄박이의 은밀한 몸짓
초록과 하얀 비대 점

나뭇가지 의자 하나씩

키우는 나무

날마다 기억 하나씩 둘둘 마는

두루마리 한지연서韓紙戀書

장날의 애가哀歌

4월이었지
달랑 주먹밥 한 덩이 담긴 다래끼*를 메시고 산 능선
을 점령하려는 발걸음,
그 발걸음이 해거름쯤이면 패잔병처럼 휘청거렸지요

어머니는 기어이 산을 옮겨오셨다. 집 안에 산을 풀
어 놓으신다

바람의 품에서 온갖 새소리에 저며진 고사리, 고비,
취나물, 다래순
풀 내, 알싸한 싸리 향은 덤이다
꺾여야 제 삶을 마감하는 초록나물 속
자벌레가 마루를 측량 중이다

---

* 다래끼: 눈에 난 부스럼.

산은 그렇게 장거리를 엄마에게 아낌없이 내주었다

마당 귀퉁이 가마솥 푸르른 김을 헉헉거리며 뿜어내
고 있을 때,
어머니는 가만히 지폐 몇 장 꿈길을 서성이며
초록 잎들에게 묵념을 올리신다. 엄마!
얼른 고개를 드시며 "나 안 졸았다"

함지박 소쿠리도 모자라 보자기에 싼 물관이 폐쇄된
산, 장거리를 이고지고 장에 나가신다

그때, 소 되새김소리는 자장가였다
섣부른 잠결 버스에서 내리는 어머니 머리엔 달빛이
소복하고
풀어헤친 보따리엔 간고등어 한 손과 아버지 하얀 고
무신

수삼 년은 더 커야 맞을 내 꽃무늬 원피스,

어머니가 옮기신 산자락 그림자는 수많은 문장을 풀
어놓으셨건만
나는 어머니의 부재를 까마득히 잊고 있다

된장찌개 끓이는 저녁

허연 쑥대 밑 애쑥 몇 졸망하다
말라 서성이는 빈 마당
깨진 햇살 장독대에 쏟아져
먼지로 하얗게 앉는다

찌그러진 주전자
경첩의 나비 한 마리 날개 잃고 삐걱거린다
귀 찢어진 비닐장판 삭아 너덜거려도
벽지 꽃은 시들지 않았다

된장찌개 냄새를 맡았나

먼지 쌓인 마당에 발자국 하나
안으로 뛰어들어
밥상머리에 냉큼 앉을 것 같다

바람을 돌리는 언덕

함백산 금대봉 아래
짙푸른 비밀스런 숲 속에
작은 샘,
검룡소가 있다

물속 작은 파문이 긴 여정을 준비하고

꿈틀거리며 솟는 검은 용,
소沼를 일궈내면
물속 수정체는 은근한 햇살을 스캔한다

오랜 세월 흘러
층층 이끼 폭포는 거침없이 골지천을 거쳐
구름과 맞닿은 매봉산 위
바람을 일구어
하얀 풍력발전기 돌리고 있다

비탈밭 돌무덤은
나무, 하늘, 바람, 새를 피사체로 세워두고
이슬이 영글기 전
셔터를 누르고 있다

지쳐 흐른 물살 여민
분지의 맑은 그림자는
지쳐 흐른 물빛 여미고
북쪽에서 내려오는 물줄기와 합쳐지면
그 이름 한강이다

가까이 들여다보면 빛바랜 얼굴들이 물속에 있다

새벽 물안개는 산발한 채 두물머리에 닿고
여직, 언덕은 바람 밭 경작하고 있다. 바람이 돈다

저녁 무렵

학교 뒤 사는 기동 엄마
놀이터 한쪽 흰 고무신 벗어놓고
버선발로 시린 그네를 탄다

쪽진 머리 위
쿵 내려앉은 회색하늘
하얀 웃음소리 허공에 풀어헤치며
허공을 오르락내리락 할 때마다
홑 겹 치맛자락 바람에 나부끼면 속살이
아찔하다,

나지막이 부르는 구성진 노래
기척도 없는 운동장에 합창처럼 번지고
기동이는 전나무 기둥 뒤 쪼그려 앉아
가자미 눈길로 곁눈질하는 어스름녘
연기 한 자락,

아들 셋과 남편 남겨둔 채

혜실혜실 웃으며 자취를 감춘 뒤

가을바람에게서 듣는 서릿발 하얀 전언

어린 고라니처럼 웅크리고 있었다고도 하고

강원도 어느 장터에서 보았다고도 하는

소문이 안개처럼 떠돌았다

봄 밤, 운동장에서 그네 타는

흰 소복 여인을 보았다는 설 무성하지만

그네 뒤 무성하게 핀

목련 꽃잎의 하염없는 낙하였을지도 모르는 일,

동백터널
—거문도

참빗 살처럼 촘촘한 햇살이
푸른 바다를 이고
터널 안 그늘을 농락하고 있다

주소록에도 등록되지 않은
숲에서 잃은 길, 아득할 때
깃털로 받아 적는 동박새 왁자한 지저귐이
좌표를 설정한다

따뜻한 핏기 간직한 채
모가지를 내어준 저 자존심
제 몸 아래
툭,
떨군
꽃 진 자리 그늘도 붉고

봄의 부름,

그 반항의 몸짓도

붉어 널 경외하노라

눈꽃상여

친구 마누라 꽃상여 태워
북망산천 넋두리로 보내고
친구 아버지 편히 가시라며
"이제 가면 언제 오나"
구성진 선소리로 앞장서 배웅하더니

얼어붙은 겨울 날, 소리 소문 없이
아직 식지 않은 구들장에
흰 천 덮고 병풍 뒤 누우셨다

눈보라 앞섶 헤치고
앞장선 바람,
선소리꾼 되어 종소리 들으며
산에 오르셨다

베옷 한 벌 얻어 입고 누운

검은 관 위에

색색의 종이꽃 대신

하늘에서 펄펄 내려와 피는 하얀 꽃

아버지는 영영 녹지 않을

눈꽃상여 타고 가셨다

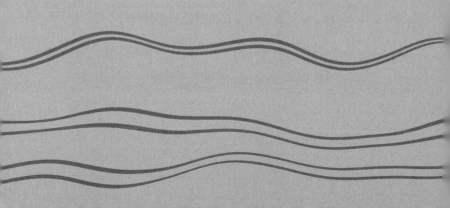

4부

젖은 주소에 지문이 가득하다

젖은 주소에 지문이 가득하다

동그란 소인이 찍힌 시간을 시작으로

가세골길, 벌열미길, 두들기길, 머루숯길

고지서다발, 독촉장, 끈에 묶인 홈쇼핑 책

군사우편 찍힌 손 편지

우편낭에 담겨

아득히 가을 깊은

낙엽 지는 산길로 나선다

잘못 배달된 편지

남은 온기 식어버리고

빗물에 젖어 희미한 수취인불명 반송된 편지 사이

소인 대신 지문만 가득 보낸 이의

핏줄만 툭툭 새겨진 가방 안에

지나쳐온 거리마다 분분했던 낙엽들이

소지품인양 들어앉아 우표처럼 달라붙어 있으니

이를 어느 주소 누구에게로 배달해야 하는 걸까

우두커니 선
나는 제대로 배달된 걸까

굽이길 지나치며 보고픈 이름들
빗물 번진 뜨거운 봉투를
건네주러 불 꺼진 시간을 헤맨다

젖은 마을 다 돌고도
전해지지 못한 긴긴 편지
우산 없이 빗속을 헤맬 때

나도 한없이 젖으며 나를 배달하러 나선다

시월 안개

그 안이 은밀하다

아주 사소한 소리들이 존재한다

안으로 들어가려면 줄을 서야 한다

앞서가던 어둠이 제 발소리 속으로 들어갔다

남의 이름 속으로 들어갔다

빨려 들어갔지만 나오는 걸 본 적 없다

걸어 들어가 지문 하나 남기지 않고

세심하게 귀 기울여 듣는 습관과
더듬거림에 익숙해져야만

밖으로 돌아올 수 있다

이빨자국 하나 없이 다만 축축하게 젖은 몸
햇살에 덜미 잡혀
끌려 돌아올 때까지

그 안은 은밀하고 무성하다

구멍 뚫린 우산

비 오는 날 아침
아이들 가져가고
남은 우산 펼치니
뚫린 구멍으로 빗방울 얼비친다

굽혀지지도 펴지지도 않는
내 관절에서 빗소리가 샌다

날아드는 각종 공과금 고지서
통장잔액은 바닥을 드러내고
뒤집힌 우산 가림막 삼아
비처럼 눈물을 쏟고 싶다

눅진한 발은
고장 난 축음기에서 흐르는 노래처럼
축축하게 가랑거리고

목 안으로 삼키고 있던

새는 울음은 우산살 늑골에 닿아

제 눈물 흘리느라 눈물 가려줄 줄도 모른다

태백 가는 길

국도를 따라 태백으로 간다

예닐곱 집 연기 나는 마을에서
가랑가랑 짙은 기침소리 여울지고

가만히 있어도 미끄러질 것 같은 비탈 밭에
아슬아슬하게 앉은 노인
이력이 난 듯 풀을 뽑는다

사방 다가드는 풀, 싸리나무, 개망초꽃,
바람이 지나는 길에 울타리 치면
햇볕은 옥수수 알갱이에 젖 물리고

시커먼 탄광 입구처럼 퀭한 눈
기울어가는 집 마루에 앉아 하루를 만지작거리고
산천 진초록조차 노여운 맘이 든다

한평생 자식들

뒷바라지로 잔뼈 굵은

산비탈 밭에는

칡넝쿨, 풀꽃들이 주인처럼 차지하고

자식 위해 뼛속까지 다 내어주고

한여름에도 뼈 시린 인생

'그래 너희들이 다 주인이다'

뻣뻣이 깃 세운

옥수수,

굽이길 쪽으로 목을 빼 서 있고

태백 가는 길에는 설움이 씨앗으로 흩뿌려지고 있었다

그날의 언저리

매서운 한파 들이닥친 어느 날
어머니 아버지 제사 지내러
친정 방향 버스를 기다린다

어젯밤 꿈인지 생시인지
육신 눕혀놓고 빠져 나온 마음
기웃기웃 여기저기 떠돌아 다녔다

어머니 아버지도 그렇게 가끔씩 떠돌며
당신들 평생 살던 집 다녀가시는지
변함없이 제자리에 있는 가구들 만져보고
눈에 넣어도 아프지 않을 막내아들
이불 밑에 손 넣어 보고 이마도 짚어 보시는지

모란장에서 늦은 엄마 마중 나오던 신작로
삐걱거리는 머리 위 보따리 받아들던 정류장,

동네 어귀 손잡고 도란도란 돌아보고 가시는지

어쩌면 살아생전 티격태격 다툼도
서툰 사랑 표현이었을지 몰라
아버지 돌아가신 십 년 뒤
한날 맞추어 아버지 곁으로 가신 엄마

동지와 소한 사이
그날도 딱 오늘만큼 추운 날이었지
모든 언저리 다 얼어붙은

월정사 선재길

상원사 너른 마당 비우고 지운 빗질 자국이 선명하다

절정의 붉디붉은 이파리
물빛에 번져 햇볕 부스러기 얼싸안고 춤춘다
화전 중생들 발길 받아
나무뿌리 속살이 윤나는 길,
자작나무 겉옷 돌돌 말아내고 있다
입으로 외운 독경 반성하며
오대천 물소리가 들려주는
내면에 집중하라는 풍경소리 가르침
젖은 귀 헹구어낸다

지천에 널린 염불소리에
농익어 떨어진
가을 한 자락,
그 단풍나무 기어이 붉게 타는

아득한 직선과 곡선

첫 생리의 붉은 기억 떠올리며

이 불길 어디서부터 점화되었는지
봉화대는 또 어딘지 도무지 알 길 없다

진한 그늘조차 환하다

풍경소리

사찰 지붕 끄트머리의 빈 소리는

바람 불어 흔들리는
한 그루 나뭇가지의
물관이 밀어주며 밀려가며 부대끼는 소리

산새들
젖은 날갯짓 소리

네 몸끼리 서로 부딪히고
네 마음끼리 아파서
네 몸으로 부르는 그리움의 노래

그 모든 것의 소리, 아마도 풍경소리이리라

나는,

어떤 소리를 내며 살고

내게서 나는 소리도 아름다울까

길

유월 땡볕,
더러는 비틀어지고 더러는 끊긴 길
그 길을 끌고 간 발자국에 허연 적삼자락 펄럭인다

때론 누군가의 발자국에 밟혀
납작하게 말라붙은 이가 놓고 간 길
바삐 지나는 이 없는 길에

달팽이 죽음이 있다
이 길은 달팽이의 길이 아니었던가

누군가 전 생애를 끌고 지나야 했던 길에는 늘 전언
이 있다

자식 걸음 위안 삼아 집을 나서던 엄마,
아버지의 구부러진 길엔 그림자가 선명하다

나 또한 어떤 짐을 지고 길을 만들어야
굽은 길을 피할 수 있을까

길의 품엔 유언이 있다

어둑한 길이 새어나온 처마 끝에 조등이 내 걸려
길을 조문하고 있다

경계주의보

모든 잎들이 집단개화를 시작했다, 두 번째 봄이다

정리를 도모하던 호르몬
모두 물들어라,
색의 분비물 나무 전체로 번지며
눈부신 색의 향연 경계경보 발령되었다

잎에 기록된 푸른 햇살 저장하고
눈멀도록 진저리나는
진노랑으로 덧씌우기 시작했다

어쩌자고 정점으로 치닫는지

잎마다 배달된 황금빛
행간 건너뛰는 노란 연서
미처 부치지 못한 말들

왈칵 쏟아내던 날

울컥,

쏟아내고 싶은 해묵은 기억들

배꼽

누런 둥근 호박 한 덩이
단단하게 가부좌 틀고 앉아 있다

언제부턴가 한 귀퉁이에 작은 점 하나 생기더니
검은 점 범위가 넓어지기 시작했고

곱던 황금빛 잃고 먹구름 뭉게뭉게 피었다

연하고 부드러움 숨긴 두껍고 단단한 껍질 속
살들 비쩍 말라 가벼워지고
몸에서 단물이 빠져나온 자리 흥건하다

고분고분한 여자를 벗고
강한 어머니로 갈아입은 질긴 껍데기
한순간 폭삭 주저앉는다

꼭지 툭,

떨어진다

배꼽,

융기 속 씨앗들 빼곡하다

겨울 아침에

마당에 나가 쌓인 눈을 싸리비로 쓸며
'어제 내린 눈 채 녹지 않았는데 밤새 또 많이 내렸네'
혼잣말 중얼거리며

내린 눈 쓸다가
자꾸 콧물이 나고 발이 시려 우두커니 섰다

숱 빠진 빗자루 엉거주춤 세워두고
제자리 돌다 문득 본
눈 쓸어 낸 자리에
얼어붙은 발자국 하나
떠나지 못하고
얼음에 박제된 발자국이 남아 있다

시린 발자국 남겨두고 발은
무엇을 쫓아 헤매었던 걸까

얼어붙은 아침 바람이 쓸어내고 남은

하얀 여백에 밑줄을 긋는다

상고대

무수한 진술이 기록된 가지는

바람과 물관 새겨 저장하고
짙고 푸른 나뭇잎으로 증언할 채비 마쳤다

낙엽 지고 우린 모두 나무를 잊고 있었다

동안거에 든 나무는 나이테를
얇게 저며
수정관 부딪는 투명한 음
유리관 속 푸른 동맥 깨워
얼음벽을 밀어낸다

그 안에 든 진술들이 고스란히 증언대에 서면
먼 동녘은 붉은 수의
걸치고 수은주를 삼킨다

모든 증언은 진실이고

기록은 나무의 몫이다

묘목상 봄

어느 봄
비닐화원 즐비한 상일동 도로변
뿌리째 뽑혀온 어린 나무들
흙발로 검정고무신 신고 새 주인 기다리며 들떠 있다

잠시 한눈 팔 동안
하얗게 노랗게 분홍빛으로
뒤죽박죽 앞뒤 순서도 없이
꽃망울 툭 툭 터지고 있었다

며칠 전부터 끈질기게 추근거리던 봄볕,
못 이겨 겨울 잠 깬 어린 나뭇가지에 송이송이

아기 첫 이빨처럼 하얗게 핀 살구꽃 매화꽃,
밥풀떼기처럼 붙어 피고
편지에 못다 쓴 말처럼 달려 있는 작은 목련 한 송이

노랑 햇나비 떨림으로 이 꽃 저 꽃 탐색 중

겨우내 따뜻이
나무 몸을 만져준 햇볕
가지에 쌓인 잔설 가만히 털어주던 바람

저 봄은 누구의 봄일까

하루살이버섯

습습한 여름 산
소나무 아래 평범하게 생긴 버섯 한 송이
새벽 해보다 먼저 올라와 노랑 망토를 짜기 시작했다

망사드레스를 입은 모델,
리허설 없이 산 중 쇼를 생중계로 열고
모델의 워킹 기대할 수 없을 때
함성도 야유도 관객도 기립박수도 없다

혼신을 다해 보여줘야 하는 독무대
드레스 자락 녹아 없어지기 전 주어진 단 두세 시간

재공연도 연장공연도 없이
일 년 후를 예약해야 하는 까무룩 영상은

순간의 화려함을 기억 뒤편에 남기고 종영한 자리에

해 떠오르면

몸은 푸석 주저앉고

그림자만 산자락 휘감아 돈다

울음이 빛나는 밤

입추 지나
매미소리 한 풀 꺾인 며칠 후
가을 서늘한 바람 데려다
풀 숲 위 내려 차가워진 이슬 뒤척이는 밤

뜨락 벽 틈에서 온통 까만 독백이 가득하다

베개 솜으로 이식된 소리
끊어질 듯 끊어질 듯
질기고 질긴 울음의 여운

어두운 콘크리트 틈
번지도 없이 집 한 칸 얻어 이사 온 이웃
귀뚜르, 뚜ー르
별빛 암호 밤새 타전한다

나,

뜬 눈으로 밤새운다

울음이 빛나는 밤이다

산국

청명한 하늘에 여백은 짙고
하얀 솜구름
탁본 뜬 강물 위에
한 잎 낙엽 떨어지며 가을 낙관 찍을 때

얼핏얼핏 스치는 산국 내音,

그 향에 취한 꿀벌들 진을 치고
휘-갈빛 가볍게 흔들리면
노란꽃 볕에 여문
노을이 이채롭다

땅 속,
견디고 부푼 뿌리
계절의 끝, 꼭짓점을 찍는다

서리 향 짙게 핀 들녘에 서면

나,
몸서리치게
가슴이 발칵 뒤집힌다

그 해 강릉은

수평선이 아랫목 같았던 강릉, 그 어느 해

파도 냄새가 장롱 모서리에 푸른 이끼를 키울 때
아이와 나는 숲 소리를 끌어안고
와! 눈雪의 깊이를 탐색하며
푹푹 눈밭을 일구고 있었지

쓸던 빗자루는 푸르른 적의를 상실한 채
밥물처럼 끓어 폭설에 화온火溫을 입히며 멍들고 있
었지

아이는 직립에 대항 할 엄두도 못 내고
눈雪, 그것이 탈주할 수 없도록 다리가 소실된
눈사람에 눈과 입을 덫 놓고 있었어

흑묘黑猫를 핥아버린 백색주의보!

그 고립의 종량제는 숫자를 세워 눈 속에 바다 소리를
받아 적고,

나는 그 높이에 출렁이고 있었지

길과 소리, 깡그리 집어 삼킨 그 해 강릉은 백 밀리미
터 적설에 탈색된
발자국과 경계를 하얗게 조회하고 있었어

발문 | 박희호

'자연을 잇는 길 위에서' 기억으로의 귀환

—강, 詩의 몸 위를 걷다

이도화 시인은 2003년부터 경기지역문화원, 문학회가 주최하는 백일장 등에서 수필 부문으로 여러 번 수상을 했다. 수필뿐 아니라 시작詩作 활동도 열심히 하여 문예지에 꾸준히 작품을 발표하고 있다. 『강, 詩의 몸 위를 걸어가다』가 첫 시집임에도 상당한 필력이 보이는 것은 이 때문일 것이다.

시인은 길 위, 어느 지점에서 만난 세밀한 감각들을 재구성하여 원고지에 그 실체를 그려낸다. 詩라는 것은 소통함으로 제 기능을 발휘한다. 본질이 왜곡된 이미지는 상상 속의 실체에 접근할 수 있는 통로가 필요하다. 작품이 독자를 설득하고 독자가 설득을 당함으로써 문제의 본질에 다가서는 것이라면, 시인은 평범한 일상을 재조명하고 사소한 것에서 사물을 이해할 단서를 찾기도 한다. 따라서 상호관계를 증명하여 공감력을 확대하는 것 또한 창작의 증거물이 될 것이다.

시인은 늘 예상을 벗어난 상상, 혼재된 실재와 허

구, 의식과 무의식, 자연과 인간, 영혼과 육체 등 다양한 변주로 형성된 이미지를 탐색하는 일에서부터 '해석적 지점'을 제시해 불편한 진실과 마주하게 하여 독자와 '다의적' 소통을 추구해야 한다. 친숙한 사물이나 환경에서 낯선 이미지를 발견하거나, 양립할 수 없는 것에서 균형을 이루어야만 개연성 없는 구조의 실패한 시에서 탈피할 것이다.

이도화의 첫 시집 『강, 詩의 몸 위를 걷다』는 한결같이 전경으로 삼고 있는 것이 자연nature과 체험體驗, 기억記憶의 공간을 통해 삶의 아름다운 깊이를 구상화한다는 점이다. 대상에 풍부한 힘의 근원을 부여하고 있다. 원래 '기억'이란 주체는 적극적·창조적·조절적 기능의 일환으로 '기억'을 거치지 않고는 주체를 경험적으로 회복할 수 없다. 여기서 시인의 시적 '기억'은 현재의 사진첩 속 화석으로 있을법한 빛바랜 흑백사진 풍경을 재현하여 그때 한순간을 정서적으로 구성해내는 어떤 힘을 뜻한다. '체험' 또한 시적 허구를 회복하려는 욕구와 사물 속에 각인되어 있는 공동체적 가치를 시인의 삶과 대치시키려는 열망, 즉 급격한 단절이 아니라 더 깊은 세계로 전이하려는 고뇌가 숨겨져 있어야 한다.

물리적 조건을 직접 제시하려는 시인의 안타까운 움직임도 부정할 수 없으나 대상과의 근원적 통합과 소통을 아슬아슬하게 바라보고 해석하여 詩의 안쪽으로 적극 끌어들여 독자들로 하여금 심원한 깊이를 경험케 할 것이다. 또한 시인은 삶과 부딪치는 과정에서 파생되는 '파장'에 흔들리지 않고 의연하게 대처한다. 시인이 텍스트로 차용한 시적 이미지는 부드러움 속의 완강함이다. 곳곳에 누적된 '삶의 무늬'는 때론 통증이고 통증은 붉은빛을 띠는 얼룩을 남긴다.

시인이 이러한 것들을 참고 버티는 힘은 어디에서 오는 것일까. 시의 행간에 묻어 있는 시들을 살펴보고자 한다.

시장 사거리에 갑작스레 강한 폭우가 쏟아졌다

때마침 폐지를 모아 수레에 싣고

길을 건너던 한 노인

속수무책으로 비에 젖었다

그칠 줄 모르고 퍼붓는 비

물먹은 폐지가 무거워지자

건너가려던 수레를 세우고 체념한 듯

대로변 길가에 주저앉아 고개를 파묻었다

하얀 백발이 빗물로 흐르고

젖은 옷에서 피는 고단한 아지랑이는

한 생의 누더기

쓰고 있던 우산 노인에게 건네주고

돌아오는 먹먹한 발걸음에

죽순이 맺힌다

다 젖는 날이다

—「길에서 비를 만나다」 전문

캄캄한 슬픔을 종이 한 장에 쏟아놓기까지 숱한 절망

이 가슴을 관통했을 것이다. 바닥을 모르는 슬픔의 깊이에 가슴을 움켜쥐고 몇 번이나 나뒹굴었을까. 연극이 아닌 가혹한 현실에서 시인은 통곡하기도 한다.

이 시에는 '통점'이 있다. 4연 "하얀 백발이 빗물로 흐르고 / 젖은 옷에서 피는 고단한 아지랑이는 / 한 생의 누더기"에 모든 이야기가 집중되어 있다. 어쩌면 반쯤 쓰다만 분신 같은 시들을 시인은 더 걱정했는지 모른다. 절반의 시편들은 이 악물고 절뚝거리며 일어선 흔적이다.

시 곳곳에 '통점'이 많은 것도 그 때문일 것이다. 암처럼 어두운 복지 사각지대에 이 시대 노인들은 눈물과 핏물로 점철된 생의 무대에 날마다 올라야 한다. 「길에서 비를 만나다」는 이렇게 태어났다.

시인의 집중력이 돋보이는 작품으로 시인은 자신이 돌아올 길을 알고 떠나간 치어처럼, 어느 날 '기억' 속의 어머니를 연쇄적으로 호명하며, "돌아오는 먹먹한 발걸음에 / 죽순이 맺힌다 // 다 젖는 날이다"라고 미학적 시선을 담아낸다.

시인의 이러한 인생론적 시각들은 시적 외연이 무한하게 동심원을 그리며 퍼져간다. 어쩌면 시는 현실의

'역사'를 기록하고 있는지도 모른다. 절대적 고요 앞에서 한 치도 벗어나지 못하는 우리네 발가벗은 현실을 발견하고 치유하며 일갈할 수 있을 때, 시적 재구성이 완성되고 독자의 궁극적 긍정, 즉 소통이 이루어지는지 모른다.

다섯 개의 빈 통이
입을 다물지 못한다

종이, 비닐, 음식물, 유리병, 플라스틱

어쩌나!
나는 쓰레기 만드는 손을 가졌나 보다

도마 앞엔 양파껍질 계란껍질
냉장고엔 싹 난 감자,
곰팡이 하얗게 핀 버섯뭉치들

쓰레기 없는 살림을 하셨던 어머니
허술해진 사과 궤짝은 아궁이로 들어가

구들장 데우는 불로 다시 살아나고

음식 찌꺼기 가마솥에 끓여

돼지 살 찌워 살림밑천 되었고

다듬고 난 텃밭 채소

두엄더미에서 곰삭아 밭 거름 되었다

멀쩡한 야채

냉장고 안에서

쓰레기로 만들어 버리는 내 손엔

늘 부패한 냄새가 진동한다

쓰레기를 버릴 때마다 그것들에게

버림받을 일이 두렵다

―「분리수거」 전문

　현실에 대한 시인의 감각은 여러 차원의 존재론적 전
회를 일으키고 현실의 구체성이라는 자신의 시심을 근
원적이고 원형적인 영역으로 현저하게 이월시킨다.

　시인은 관찰자적 시선으로 대상을 찾아가는 여정에
서 시를 쓰고 있다. 시 쓰기는 보이지 않지만 실재實在

하는 것이 무엇인지 탐색하는 과정이다. 자신을 둘러싼 현실과 마주치며 막막한 기다림의 여정에 합류하는 것이다.

쓰지 않으면 견딜 수 없는 어떤 기운에 떠밀려 시는 끊임없이 태어난다. 이질적인 것을 동화시켜 새로움을 모색하는 창작의 중심에는 현실과 가상의 세계에서 보이지 않는 것을 찾아야 하는 질문들이 있다. 납득할 만한 결론에 도달하기 위해 시적 상상력을 극대화 할 질문을 찾아내는 것이다. 특정 이미지를 포착, 대상을 둘러싼 겹을 해체하고 재구성하는 과정에서 인식에 균열이 일어난다. 낯선 언어를 선택하며 새로운 기호로 거듭 변주하는 변이과정은 거쳐야 할 과제다.

어느 작가는 세상에 던지는 질문의 규정을 흩트리려는 몸부림이라 했고 "일상과 예술의 간극, 그 사이를 들여다보기 위해" 노력하는 것이라고도 했다. 시는 일상과 예술의 간극에 살고 있다. 시인은 감각과 인식 너머의 틈을 들여다보며 일상의 흔한 소재들과 유기적으로 결합한다. 이때 사소한 일상은 작품으로 재구성된다.

이 시는 흔한 일상이지만 환경 다큐멘터리 영상으로 '기억'을 불러낸다. 이 시대 심각한 흔적을 익숙한 감각과 보편적 어휘로 해체(과거)하고 조립(현재)하고 있다. 어쩌면 시인이 제시하는 미덕은 효과적인 인식의 지지체를 세우기 위해 시공간을 뛰어넘어 사라진 것들을 현재로 불러오거나 연속선상에 있는 기억을 이동시켜 제한된 인식을 조립하고자 하는 것인지 모른다.

끊임없이 버려지는 것들에 대한 대안으로서 '기억' 속 어머니를 불러내어 긴장감을 제안하지만 현실의 풍경은 냉정하다. 이것이 시인의 고뇌라고 본다.

해질 무렵 장사를 끝내고
넘어질듯 후들거리는 발길 재촉하는 길
똬리를 받힌 목 힘줄 툭툭 불거지고
함지박 가득 출렁이던 노을 쏟아져
등을 물들인 적 있다고 한다

그때부터 땅거미가
엄마의 몸에 기어 다니는지
스멀스멀 가려웠다고
피딱지가 군데군데 엉킨 등을
저녁마다 내밀곤 했다

우리는 껍질 속 벌레를 찾아내려고

저녁 내 벅벅 찾아보았지만

어디로 숨어버렸는지

손톱 밑엔 검붉은 노을만 잔뜩 끼어 나왔다

한 겹 옷으로 입고 있던

가려운 살비듬 후드득 떨어져 쌓이고

흐릿한 맥박으로 돌리던 하루하루,

간신히 엄마 몸 돌리던 시계의 태엽 멈추어서며

핏방울이 온기를 놓아버리자

엄마의 몸에서 서둘러 땅거미 빠져나가고

가려움에서 풀려난 몸,

그믐밤처럼 깜깜했다

—「엄마의 등」 전문

　이도화의 이번 시집에는 「엄마의 시간」, 「별등과 어머
니」, 「그날의 언저리」, 「장날의 애가哀歌」 등 어머니에 대
한 '노동' '가난' '그리움'의 기억들이 폭 넓게 전면화하
고 있으며 언어의 더딘 진화를 보여주고 있다. 그러면

서도 시인은 감정을 충분히 가라앉히고 내면과 실존을 향하는 목소리를 정성스럽게 시의 언어로 끌어 들인다.

'그리움'이란 대상의 부재로 생겨나는 결핍의 정서다. 시인은 어머니의 '기억'에 몰입하여 긍정적인 시선으로 어머니의 그리움을 이해할 단서를 찾는 중이다. 시는 일반적인 생각과 충돌할 때 파생되는 파열음破裂音속에 에너지가 충분해진다. 에너지는 뜻밖에 부드러움에서 나올 때가 적지 않다.

화려한 문장이나 과장된 이미지, 그럴듯한 포즈를 잡지 않고도 소통할 수 있는 힘을 감동이라고 한다면 시인의 시들이 대개 그러하다. '과거'와 '현실'을 들춰내는 다양한 시각이 예사롭지 않다. 평범함 속에서 찾아내는 삶의 의미가 특별하다. 나지막한 어조에 가슴을 파고드는 울림이 있다. 잔물결로 번져 윤슬처럼 반짝거리는 기억은 우리가 오래전에 잃어버린 것들이다.

지극하고 곡진한 것들은 깨진 사금파리 한 조각일 수도 있지만 시각의 중심이 다르다고 해서 결코 가볍진 않을 것이다. 관념을 탈피하고 난해한 기교를 벗어나 일상에서 만난 소소한 것들에게 의미를 부여하는 서정성은 시의 중심이 되는 축으로 작용한다. 당연한 일상에서 '기억'을 소환하여 '현재'와 치환하는 것은 시의 씨앗이 된다.

특히 '어머니'와 '아버지'가 더욱 그러하다. 시인의 '어머니'에 대한 기억에 묻어 있는 '그리움'은 애처롭기까지 하다.

시의 3연 "우리는 껍질 속 벌레를 찾아내려고 / 저녁내 벅벅 찾아보았지만 / 어디로 숨어버렸는지 / 손톱 밑엔 검붉은 노을만 잔뜩 끼어 나왔다"에서 자식들의 망연자실한 이미지는 독자의 목울대를 치는 '적요'의 상징적 공간으로서 '그리움'의 강가를 서성이게 한다.

그곳에 길이 있었다

강원도 인제군 진동리, 등골이 오싹한 길,
차곡차곡 접힌 길 앞에
조침령이 깔딱거리고

봉우리 받아 넘기니 다가서는 마을,
그 마을에도 길은 있었다
또 한 추스름 끝에는

길 위에 발자국이 보였다

면경보다 잘 닦인 계곡물에

내 오염된 귀 말갛게 헹구고 나니

황금마타리 꽃이 힐끔거린다

숱하게 듣고 삭히지 못한 찌꺼기를

난 물과 꽃에 고스란히 들키고 말았다

종일 내리는 비는 나를 씻기는 것인가

여전히 빗속에도 길은 있었다

그 길 가만가만 동자꽃, 곰취꽃이 번개천둥을 줄기에 저
장하고 있다

예리한 칼날을 숨기고 있던 갈댓잎이

스윽, 내 손등에 밑줄을 긋는다, 아 그것도 길이었구나

손등에 빨간 길이 열렸다

─「비 내리는 곰배령」 전문

시인은 늘 길 위에 서길 망설이지 않는 것 같다. 여

행으로 체험의 언어를 습득하고자 하는 열망일 수도 있다. 시인이 일반 독자들과 달리 예민한 눈과 감성으로 신비롭고 심미적 분위기를 자아내는 것은 언어를 포착하고 자신의 몸을 열어 대상과 소통하고자 하는 것이다. 자연nature과 인간이 전면적으로 소통하면서 서로를 맞아들이고자 하면 주체의 의지는 한 몸이 되어 심미적 풍경을 직조하는 통로가 된다.

무엇인가를 기다리는 곳에는 길이 있다. 시인은 무엇을 기다리며 길 위에 있었을까? 힘겨운 여정을 동반하는 힘은 자신을 열어 보이려는 열망이 있고, 언제나 하혈하듯 존재하는 '소진과 부활'의 통합과 소통이 있었을 것이다. 모든 '존재 가치'는 봄에 피는 보리 이삭처럼 그 높이가 가지런하다는 장자의 '제물론'처럼 보는 관점에 따라 사물의 가치가 달라질 수 있는 것이다.

몸부림처럼 평범한 일상에서 빠져나가 다시 일상의 공간으로 되돌아오기까지 시인은 길 위에서 예측하지 못한 환경에 노출되어 피할 수 없는 낯설음과 대처하고 타협하며 불안한 심리적 갈등을 경험한다.

4연 "길 위에 발자국이 보였다 / 면경보다 잘 닦인 계곡물에 / 내 오염된 귀 말갛게 헹구고 나니 / 황금마타

리 꽃이 힐끔거린다 / 숱하게 듣고 삭히지 못한 찌꺼기
를 / 난 물과 꽃에 고스란히 들키고 말았다" 이만큼과
저만큼의 거리를 바라보며 채워야 하는 여백은 아직 남
아 있는 가능성의 길이며, 곧 자연nature인 것이다.

　시인은 부재중인 길을 추적하는 과정에서 거대한 세상
도 삶의 한 픽셀이라는 것, 면과 모서리가 닳아버린 사소
한 것들의 집합 속에 자신도 일부라는 것을 깨닫는다.

　이 시 마지막 연 "예리한 칼날을 숨기고 있던 갈댓잎이
/ 스윽, 내 손등에 밑줄을 긋는다, 아 그것도 길이었구나
// 손등에 빨간 길이 열렸다" 에서 세상에는 믿기지 않
는 '불편한 진실'이 존재한다는 긍정적인 시선으로 자연
을 이해하고, 자신을 조율하며 희망을 확인하고 있다.

　　새파란 슬픔이 색깔이 되는

　　아득하게 뒤척이던 새벽이 깨어난다

　　망각된 비린내

　　절단된 조각소리 함몰되면

　　도마는 어금니에 생채기를 내고

　　푸른 살점들은 화온火溫으로 맥박이 멈춘다

　　기어이 도마가 칼날을 삼킬 즈음 아물지 않은 상처는

수없이 다녀간 냄새에 색을 입힌다

도마는 어머니의 한숨과 침침한 아궁이를 염장해두고

무딘 칼날의 단풍을 본다

결마다 새소리와 바람소리를 엮어 햇빛에 골고루 익힌

도마는 늘 새벽이고 상처다

새들 발자국 선명한 물관이 굳어버린 강행군은

어쩌면 허공일지도 모른다

경계를 상실한 도마는 칼 시위에 몸을 뭉텅뭉텅 보시하고

치열한 격전의 잠복이 끝나면

어느 구들장에 찍힌 화인火印으로 유언을 쓸지

도마의 몸은

칼, 칼이 자해한 겉표지다

　　　　　　　　　—「도마가 새벽을 깨운다」 전문

　우리의 몸은 생명을 유지하는 데 필요한 영양소를 섭
취하고 신진대사를 한다. 이 필요성을 충족시키려는 것
이 생리적 욕구다. 인간의 욕구 중 가장 기본적인 일 단
계는 먹는 욕구다. 가정에서 일차적으로 해소되는 욕구
는 '어머니의 손'이다. 장소는 부엌에 있는 도마이고 그
시간은 새벽인 것이다. 시인은 어머니와 아내로서 이

욕구를 여러 겹으로 노래한다. '맹렬한 슬픔' 앞에서도 여유를 잃지 않는 냉정함과 뜨거운 삶의 열정으로 들끓는 다른 층이 있다. 시인의 내부에 누적된 이중적인 층이 이 시를 잘 구성하고 있다.

시인은 '나무'와 '불', 그리고 '절단'이라는 모순적이고 부조리한 진술 너머에서 진실을 드러내는 역설을 통해 새벽의 예후를 알리고 있다. 또한 무심히 버려둔 장소에서 반짝이는 기억 한 조각을 찾아낸다. 부재중인 시간을 추적하는 과정에서 깨달음을 얻는다.

시의 소재는 일상에 산재해 있고 시 쓰기는 삶을 묻는 질문과도 같다. 시인은 가장 예리한 질문을 위해 길들여진 타성을 분해하고 사고를 확장한다. 시 쓰기의 첫걸음은 대상을 관찰하고 생각을 기록하며 답을 찾아가는 것이다. 우리가 보고 싶어 하는 것들은 대부분 보이는 것들의 뒤편에 잠복해 있다. 맥락을 알지 못하면 접근이 쉽지 않지만 문득 발견된 모티프가 새로운 작품이 되기도 한다. 이때 시인이 채굴한 모티프는 소통을 위한 재료인 것이다.

고리가 촘촘하지 않으면 평면적인 이미지에서 그치고 말지만 익숙한 규정과 틀에서 벗어나 입체적이고 생동감 넘치는 낯선 곳의 탐색은 사라진 흔적을 채집할 수 있다. 이때 개인의 내밀한 기억은 대상과 생각이 일치하는 지점에서 시심의 키워드로 작동하기도 한다.

이 시 3행에서 7행 "망각된 비린내 / 절단된 조각소리 함몰되면 / 도마는 어금니에 생채기를 내고 / 푸른 살점들은 화온火溫으로 맥박이 멈춘다 / 기어이 도마는 칼날을 삼킬 즈음 아물지 않은 상처는 / 수없이 다녀간 냄새에 색을 입히고 있다"의 「도마가 새벽을 깨운다」는 모든 것을 담아내는 백미라 할 수 있고 목화처럼 희고 눈부신 기억의 중심에 도마 소리와 하얀 광목치마를 두른 어머니가 있다.

물안개 한 아름 꺾어 시어詩語에 심어두고 합수머리 강둑에 섰다

시심詩心은
구애 삼매경에 취한 개개비 맑고 푸르른 소리
달팽이관에 이식하고
온화한 누이 닮은 꽃창포 미소
행갈이를 재촉할 때, 난 깃털처럼 가벼이

강가에 타박타박 낙관을 찍는다

강섶, 햇살에 몸 뒤척이던 안개 한 움큼

강江에 찍은 데칼코마니 약속인 듯 또 하나의 풍경이

초록빛을 산란하고 있다

물안개공원 산책로를 잠식한 꽃향기 아래로

산란기 잉어 뜨거운 몸짓이

덜 자란 부들대 뻐꾸기 울음 옮겨 놓으면

고요한 두물머리

물 폭풍은 기어이 내 심상心想을 허물고 만다

잎맥에 취한 물지기 청둥오리 아스라한 부리에 찍힌 詩

종자는

　여기, 공원 한쪽에 한뎃잠을 청하고

　원고지 위 시어詩語 낱낱이 물 위를 걷고 그곳 어딘가에

나는 없다

　　　　　　　　　—「강, 詩의 몸 위를 걷다」 전문

이 시는 이도화의 첫 시집 표제작이다. 모티브가 된

배경은 시인이 살고 있는 경기 광주시 남종면 귀여리에 있는 물안개공원이다. 남한강과 북한강이 합수되는 곳을 '두물머리' 또는 '합수머리'라 한다.

이곳에는 시의 깊이가 그윽한 숲과 강의 질감이 느껴지는 그리운 것들이 모여 있고, 시의 결에는 온도가 있다. 또한 시대가 놓쳐버린 것들의 서정성 짙은 한 편의 시가 오롯이 보관되어 있다. 치장하지 않은 민낯의 정경들이 도란도란 어깨를 맞대고, 낡은 기억을 불러내는 것은 보이는 것 너머에 시인이 추구하는 시의 근간과 시인이 지닌 소박한 색깔, 섬세한 감성의 촉수를 느낄수 있다. 작은 떨림이 '행과 연'을 지탱하고 공간 전체를 작은 스토리가 차지, 물빛이 고요히 번지고 있음을 느낄 수 있다. 원근을 무시하고는 붙잡을 수 없는 사진 속 피사체 같은 '자연'이 완강한 시간의 품에 숨겨진 작품이다.

시간이 흐를수록 대상과의 간격이 벌어지고 돌아갈 수 없는 거리가 생겨난다. 쓸쓸함이 주는 여운으로 공간적 거리는 심리적 거리와도 맞물린다.

독일의 철학자 가다머는 "우리는 과거를 오로지 현재로부터 이해할 수 있고, 반대로 현재는 오로지 과거로

부터 파악될 수 있다"고 하였다. 과거는 흘러간 후 이해되고 현재는 과거의 영향을 받는다는 것이다. '자연'은 늘 순차적으로 흐르는 과정이며 끊임없이 지속되는 순환구조를 이루고 있고 이는 거부할 수 없는 '자연'의 경외함이다.

강물이 되려면 햇빛의 징검다리는 잠재된 슬픔을 불러내지 못한다. 하늘에 구름 한 점 없으면 몸은 결코 젖을 수 없다. 허울을 벗어버리고 슬픔으로 꿈틀대고 싶은 시인의 심연에 잠재된 심미적 감각은 한 줄기 물길로 처연하게 흐른다.

시심詩心과 시어詩語 사이 자연nature과 시인의 갈등구조를 시인은 동물적 감각으로 포획하여 원고지 위에 올려놓는다. 그러나 시인은 '시심'과 '시어'의 갈등, 나아가 '자연'으로의 회귀를 극복하였다고는 볼 수 없다.

자연nature에는 은밀한 비밀의 뒤꼍이 있고, 들키고 싶지 않은 상처가 있다는 사실을 포착하지 못한 아쉬움이 있다.

아이는
제시간에 일어날 수 있을까

무슨 찌개를 끓여놓을까

밤새 잠을 방해하던

노파심은

집 밖으로 발을 내딛는 순간, 자유야

바닷가 한적한 어촌마을

저문 바닷가를 하릴 없이 느리게 걸어보기도

손에서 휴대폰 내려놓는 거

세상 소식 모두 잊어버리는 거

천천히 걷는 연습 해 보는 거

온전한 혼자로 지는 해 바라보는 거

지속할 수 없는 이 자유는

노을 끝자락의 붉음인가

—「여행」 부분

　현 시대에서 과연 어머니란 이름에 '자유'가 보장되고
있는지 자문해보는 작품이다. 여행에서 느끼는 '자유'는
늘 이렇듯 제한적일 수 있다는 자조적 시편이다. 일상
의 많은 부분에서 '어머니'나 '아내'의 수식어에 보류되

는 '자유'란 어쩌면 '어머니'와 '아내'가 유보하는 갈등과 대립, 더 큰 의미로서 인간의 존재 가치와 진정한 삶의 형식에 대해 사유思惟할 수 없는 애처로운 현실일지도 모를 일이다.

'어머니'를 부둥켜안았던 사회와 가정은 '어머니'와 '아내'에게 남아 있는 편견을 벗어내고 진정한 '자유', 그 시간을 할애해야 한다. 여성이란 이름의 '어머니'는 사막에 서 있는 고독한 선인장이 아니다. 척박한 땅에서 살아남아야 하는 선인장이 가시와 목마름을 두려워하지 않듯 그들에게 치유의 '자유'를 부여해야 한다. 시인에게 주는 희망이다.

땀내 찌든 작업복을 빨아 빨랫줄에 널고 있다

그에게는 깨끗한 옷이 한 벌도 없다
높은 곳도 낮은 곳처럼 걸어 다니며 사는 사내
스파이더맨처럼 외벽을 타며
어떤 날은 벽 부스러기 묻혀오기도 하고
어떤 날은 지붕 위 구름을 묻혀 와 눅눅하기도 하다

얼룩진 옷은 늘 허공이고

벽 무늬 읽고 데칼코마니 찍으며

덧칠된 작업복은

언제나 보호색을 띤다

거미가 집을 지을 때

하나도 남김없이 밑줄까지 품고 나오지만

흔들리는 집

하루 한 번 천연색으로 피는 카멜레온 채송화,

해가 지면 제 색깔 다독여 꽃잎 닫듯

한 길로 마감하는 직업은 숭고하다

그가 타고 내려온 벽, 푸른 싹 돋고 나무가 자랄 것이다

실밥 너풀거리는 얼룩 진 작업복

끌고 다녀 너덜해진 자리마다

봄이면 천연색 싹 돋아날 것이다

-「일용직」 전문

눈앞에 일어나는 변화와 상황들, 상대방의 표정과 반

응에 따라 감정도 변한다. 필요 없다고 닫아버린 이기심 때문에 겉으로는 열렸어도 속으로는 닫혀버린 관계가 발생한다. 어투語套에는 인간의 마음이 담겨 있기 때문이다. 시인은 '남편'에 대한 어느 한 시기를 이야기하고 있다. 남편에 대한 사랑이 지극히 평화롭다. 현명하고 지혜로운 아내의 모습에는 지성과 감성, 의지, 세 가지 심적心的요소가 담겨 있다. 마음을 읽히게 하는 방법은 강압이 아닌 부드러움이다. 따뜻한 마음의 언어는 소리와 같다. 읽힐 뿐 아니라 들린다는 것이다.

소리의 3요소 중에 맵시(음색)가 있다. 같은 진동수와 같은 진폭도 음색이 다르면 악기의 소리가 다르듯이 언어의 선택에 따라서 사람의 심정을 소리로 담아낼 수 있다. 같은 말도 '음성의 높낮이'에 따라 감정이 달라진다. 우리가 인지하는 결과물은 대상을 받아들이는 감각기관에서 완성되지 않고 머릿속에서 완성된다고 할 때, 2연 "그에게는 깨끗한 옷이 한 벌도 없다 / 높은 곳도 낮은 곳처럼 걸어 다니며 사는 사내 / 스파이더맨처럼 외벽을 타며 / 어떤 날은 벽 부스러기 묻혀오기도 하고 / 어떤 날은 지붕 위 구름을 묻혀 와 눅눅하기도 하다" 이 얼마나 멋진 결론인가. 남편을 위무하는 아내의 안타까움이 묻어난 시편이다.

　　누군가 전 생애를 끌고 지나야 했던 길에는 늘 전언이
있다

　　자식 걸음 위안 삼아 집을 나서던 엄마,
　　아버지의 구부러진 길엔 그림자가 선명하다

　　나 또한 어떤 짐을 지고 길을 만들어야
　　굽은 길을 피할 수 있을까

　　길의 품엔 유언이 있다

　　어둑한 길이 새어나온 처마 끝에 조등이 내 걸려
　　길을 조문하고 있다

—「길」부분

　　이도화 시인의 시에는 척박한 삶을 생각하고 '기억'
을 유추하는 길에 대한 많은 시편들이 있다. 길에서 달
팽이의 죽음을 본다. 억울한 죽음을 보면서 왜 사는가?

무엇을 위해 살아야 하는가? 생의 근원을 캐묻는 '왜' 라는 질문을 수없이 던졌을 것이다. 삶의 밑바닥에 깔린 근원적인 물음의 시편들은 구조의 독창성을 보여준다. 시인은 길 위에서 '기억'을 확장시키고 '어머니'와 '아버지'의 고단했던 삶에 안타까운 감정을 드러낸다.

'그리움'에 대한 단아하고 형이상학적 이미지이다. "자식 걸음 위안 삼아 집을 나서던 엄마, / 아버지의 구부러진 길엔 그림자가 선명하다" 어찌 처연한 '그리움'이라 아니하겠는가? '어머니'와 '아버지'에 대한 '그리움' 끝에는 명징한 자아를 배치시키고 있다. "나 또한 어떤 짐을 지고 길을 만들어야 / 굽은 길을 피할 수 있을까 // 길의 품엔 유언이 있다 // 어둑한 길이 새어나온 처마 끝에 조등이 내 걸려 / 길을 조문하고 있다" 이렇듯 시인은 길에서 유언을 찾고 있다.

> 푸른빛 선명하게
> 심연의 기억이 초롱초롱 짠 내 가득한
> 눈알이 설거지통에 담겨 있다
>
> 얼었던 눈알이 녹아 집 안 소리를 샅샅이 듣고 살핀다

시선을 외면하고 껍질을 벗기자 옥양목 속살이 요염하다

벗긴 껍질에 달려 나온 눈알을 검은 봉지에 담자

사각사각 눈이 구르는 소리

손목에 전율처럼 감긴다

내 눈이 구른다

눈 깜빡하는 동안에도 자유롭지 못한 나,

내 눈은 늘 외면하는데 익숙하다

눈알은 늘 품이었던 게다

품이 원망하는 사이

품에서 짜디짠 바다가

내 가슴의 수심을 재고 있다

— 「눈目에 대한 기억」 부분

시인은 체험의 시 쓰기를 게을리 하지 않는다. 「눈目에 대한 기억」도 주부로서 세심한 관찰이 낳은 개성이 뚜렷한 작품이다. 경험을 이미지화 하는 것이 그리 쉬운 일은 아니다. 그러나 시인은 자유롭게 이미지를 형상화하는데 성공했다. 시를 쓰면서 운율을 무시할 수 없다. "시선을 외면하고 껍질을 벗기자 옥양목 속살이 요염하다

/ 벗긴 껍질에 달려 나온 눈알을 검은 봉지에 담자 / 사각사각 눈이 구르는 소리 / 손목에 전율처럼 감긴다" 적당한 리듬을 얹음으로 음조를 살려내었다. "내 눈이 구른다 / 눈 깜빡하는 동안에도 자유롭지 못한 나, / 내 눈은 늘 외면하는데 익숙하다" 이렇듯 시란 언어의 율동적 표현이라고 할 수 있다. 시적 밀도가 높고 운율이 살아 있는 시가 바람직한 시일 것이다. 따라서 시인의 체험적 이 시를 절창이라 함에 주저하지 않는다.

새벽 골목길 배회하며
각각 다른 무늬들의 화려했던 시절
반으로 접어 비뚤한 시선 속에 갇힌 무게
한쪽으로 치우치고 있다

노인의 리어카는
누구도 수거해 가지 않는 새벽안개

멍석처럼 둘둘 말아 폐지와 함께 싣고 간다
—「젖은 리어카」 부분

시인은 사회현상을 외면할 수 없다. 사회성을 요구하는 집단에서 그 규칙을 배우는 것이 아니라 스스로 사회의 오류를 검증하고, 항거하며 구조적 불합리를 찾아야 한다. 상호작용에 의해 사회구조가 결정되는 시대에 시인은 본질적으로 사회적 존재이기 때문이다. 다양한 잠재적 성향도 스스로 습득한 질서와 환경을 시라는 매개를 통해 독자와 충분히 소통할 수 있는 구조를 찾아내어 그 얼개를 짤 수 있다.

시인의 눈에 비친 단서는 현재와 미래의 실마리가 된다. 존재하지만 의식하지 못하는 관계를 시인은 작품을 통해 재구성할 수 있도록 일깨워준다. 지극히 사적인 흔적을 인용해 개인과 사회가 당면한 관계를 주목한다. 현재를 구성하는 각각의 요소들 속에는 시인이 삶 속에서 건져 올린 기억이 포진하고 있다. 긍정적 이미지의 조합은 작품 속에 균질하게 배치되어 현재의 상황과 유기적으로 연결된다. "새벽 골목길 배회하며 / 각각 다른 무늬들의 화려했던 시절 / 반으로 접어 비뚤한 시선 속에 갇힌 무게 / 한쪽으로 치우치고 있다" 시인은 기억을 차례로 배치하며 뒤편에서 작용하는 보이지 않는 힘에 집중한다. 과거와 현재의 시간을 설계해주는 힘은 서로를 의지하며 작동하고 있다.

이도화 시인의 詩 골격은 완만하고 유연하지만 희로애락의 무늬가 다양하게 새겨져 있다. 내면의 심리상태에 응축된 감정은 현실을 바라보는 사회적 시선과 밀접하게 이어진다. 시인은 들뜨지 않고 과장되지 않은 어조로 상처를 풀어나가는 진솔함이 있다. 부드러운 어투 속에 설득력이 있고, 낮은 소리로 감정의 과잉을 차분하게 걸러내며, 주변의 상처를 감싸 안는다. '기억과 체험' '현실과 비현실'의 경계를 오가며 자연nature과 늘 관계를 맺고 있다.

사회가 복잡해지고 개개인의 개성이 중요시되면서 의미를 이미지화 하는 자유분방한 시들이 쏟아지고 있다. 일정한 격식에서 벗어나 자유롭게 리듬을 만드는 내재율 쪽으로 기울기 시작한 것이다. 중국의 순舜 임금이 만들었다는 오현금五絃琴은 다섯 줄로 된 옛날 거문고다. 대나무 술대로 연주를 할 때 '뜯는다'고 표현한다. '뜯는다'는 말에는 듣는 이의 애간장을 뜯고 거문고의 심장을 긁는다는 뜻이 포함된 것이다. 시인은 뜯는 예리함과 심오한 가락을 연주하는 연주자다. 그렇다면 훌륭한 연주자가 훌륭한 관객을 만드는 법이 아닐까? 시의 선율에 취한 독자는 시인이 연주를 마칠 때까지 지켜보게 되고, '왜?' 라는 질문을 던진다. 이에 詩人은 침묵하지 않아야 한다.

길고 짧은 시편들이 마치 오현금의 장단長短을 보는 듯하다. 시인은 어떤 대상에서 근원적인 삶을 직관적으로 포착해내야 한다. 그러면서 의도적으로 분명하게 말하지 않는다. 압축함으로써 긴장감을 갖게 하고 말을 줄임으로 여러 갈래 다의적 의미를 가지게 한다. 마음이 고이기도 전에 쏟아 내는 말에는 향기가 없다. 스스로 깨닫게 하는 것, 시인이 말하는 방법이다.

이도화 시인의 첫 시집을 축하하고 문운을 바란다.

박희호

시인이다. 시집으로 『그늘』 『바람의 리허설』 『거리엔 지금 붉은 이슬이 탁본되고 있다』, 『안녕에 대한 자화상』 등이 있다. 분단과 통일시 동인지(4회 차)를 발간했으며, 한국작가회의 회원, 민족작가연합 자문위원, 한국하이쿠연구회 부회장, 북미 평화협정체결 운동본부 고문을 맡고 있다.